CB029516

A edição desta obra foi financiada com recursos do *Litrix.de*,
um projeto de iniciativa da Fundação Federal de Cultura da Alemanha
em conjunto com o Goethe-Institut e a Feira do Livro de Frankfurt.

Jutta Richter

A GATA

ou como perdi a eternidade

Ilustrações de
Rotraut Susanne Berner

Tradução de
Daniel R. Bonomo

editora 34

EDITORA 34

Editora 34 Ltda.
Rua Hungria, 592 Jardim Europa CEP 01455-000
São Paulo - SP Brasil Tel/Fax (11) 3816-6777 www.editora34.com.br

Copyright © Editora 34 Ltda. (edição brasileira), 2011
Die Katze © Carl Hanser Verlag, 2006

A FOTOCÓPIA DE QUALQUER FOLHA DESTE LIVRO É ILEGAL E CONFIGURA UMA APROPRIAÇÃO INDEVIDA DOS DIREITOS INTELECTUAIS E PATRIMONIAIS DO AUTOR.

Título original:
Die Katze oder Wie ich die Ewigkeit verloren habe

Capa, projeto gráfico e editoração eletrônica:
Bracher & Malta Produção Gráfica

Preparação:
Cide Piquet, Barbara Mastrobuono

Revisão:
Isabel Junqueira

1ª Edição - 2011

CIP - Brasil. Catalogação-na-Fonte
(Sindicato Nacional dos Editores de Livros, RJ, Brasil)

Richter, Jutta, 1955-
R733g A gata ou como perdi a eternidade /
Jutta Richter; ilustrações de Rotraut Susanne
Berner; tradução de Daniel R. Bonomo —
São Paulo: Ed. 34, 2011.
72 p. (Coleção Infanto-Juvenil)

ISBN 978-85-7326-461-6

Tradução de: Die Katze

1. Literatura infantil e juvenil alemã.
I. Berner, Rotraut Susanne. II. Bonomo, Daniel R.
III. Título. IV. Série.

CDD - 838

Para Lilli, Lena e Perlinus,
para todos os gatos, que conhecem a eternidade,
e para todas as crianças, que são sábias e amigas.

1

Em nossa rua morava uma velha gata branca.

Ela morava na parte ensolarada do muro que ficava ao lado do portão do jardim, por onde eu passava a caminho da escola.

Já nem sei mais quantas vezes eu fiquei ali, sentindo sua cabeça em minha mão. Só sei que depois minha mão ficava sempre com cheiro de peixe. E que isso me dava nojo, porque o cheiro de peixe me lembrava das sextas-feiras.

É que às sextas eu era obrigada a ficar sentada em frente ao meu prato até que tivesse comido tudo. Havia sempre linguado, que me deixava enjoada, ou sardinha nadando em um molho de tomate cor de sangue.

Claro que a velha gata não podia saber disso quando ronronava pra mim no caminho da escola. E ela fazia isso toda manhã, porque era verão e não chovia nunca.

O pelo dela era tão ralo entre o olho e a orelha que dava pra ver a pele brilhando por baixo. Isso era muito estranho, e eu sempre sonhava com gatos pelados, rosados e sujos vagando pela cidade.

Além disso, toda vez eu chegava atrasada na escola, e por isso me chamavam de Enrolona.

Que a culpa era da gata, ninguém acreditava. Nem que eu jurasse.

"Você fica enrolando por aí", dizia meu pai e ficava com uns olhões de peixe de tanta raiva.

"Você fica enrolando por aí", dizia o professor Hanke e me chamava de insolente. "Você é uma menina insolente", ele rosnava.

Ah, sim, eu queria mesmo ser insolente. Bem insolente!

Meninas insolentes eram como galinhas que cantam de galo. E isso era muito especial!

Eu era especial. Eu tinha um mundo inteiro ali na rua, bem diante de mim. Com poças de gasolina coloridas e reluzentes. Com lesmas gordas, gosmentas e vermelhas. Com pedrinhas sortidas e balas de framboesa. Com pregos retorcidos e enferrujados. Com lagartixas e margaridas e aquela velha gata branca, que era tão imortal quanto eu.

A eternidade nos pertencia.

E ela começava no calor ofuscante do meio-dia,

quando estávamos juntas e eu lhe explicava baixinho as palavras que tinha aprendido pela manhã.

"Você é uma gata insolente", sussurrei, "e eu sou uma menina insolente, e na verdade nós fomos enfeitiçadas e vamos ter setenta e sete vidas."

"Apenas sete", ronronou a gata, "mas quem é que vai acreditar em nós? E não dá pra contar até setenta e sete porque quando chegamos a vinte, setenta e sete já parece um milhão."

"É verdade", eu sussurrei e tive medo dos números gigantescos que me vieram à mente.

"Você sabe como os números aparecem na nossa cabeça?", perguntei à gata.

Ela refletiu por um momento, enquanto lambia minha mão com sua língua áspera em forma de V.

"Isso depende dos ratos", ela disse então. "Dos ratos que nós comemos."

"Mas eu nunca comi rato nenhum! Nenhunzinho, juro!"

"Você ainda vai se dar mal jurando assim", bufou a gata, e pulou do muro, desaparecendo atrás da lixeira.

A eternidade era muito grande e muito lenta.

Ainda mais quando eu não podia dividi-la com a gata.

Nessas horas, a única coisa que ajudava era a serra elétrica que Waldemar Buck usava para serrar as tardes.

A serra elétrica gritava sobre os telhados, e eu imaginava que a cada grito um pedacinho de eternidade caía do céu.

Então o sol se pôs e minha mãe jogou pela janela um pão com manteiga enrolado num papel.

"Você pode ficar aí por mais meia hora!", ela gritou.

O homem da prefeitura acendeu as luzes da rua.

Eu me encostei no poste de luz, e, enquanto mastigava, ouvia o zumbido da eletricidade.

Como será que a corrente elétrica chegava até o poste de luz? Mas a gata não estava lá pra me explicar.

Meu pai também não me explicava. Ele só dizia que aquilo eram bobagens, e que era muito melhor eu ir estudar matemática. Mas como eu poderia aprender matemática se não conseguia aceitar a ideia de comer ratos?

Mais uma vez meu pai não tinha a resposta. Tudo o que ele fez foi me olhar novamente com seus olhos raivosos de peixe e me chamar de teimosa.

Então eu fiquei mais algum tempo encostada no poste, meditando, enquanto a velha gata branca comia um rato atrás do outro e ficava cada vez mais esperta.

Depois me chamaram pro banho, eu tive que me pentear e deixar que me pusessem na cama.

"Boa noite!", disse minha mãe. "Bons sonhos!"

"Boa noite, mamãe", eu respondi.

Mas eu sonhei com gatos pelados que vagavam pela cidade, e soube que não existiam boas noites.

2

Waldemar Buck era carteiro e nosso vizinho. A gata não gostava dele.

Talvez porque acreditasse que a eternidade não iria durar muito se ele continuasse a serrá-la todas as tardes.

Ou talvez porque Waldemar Buck tinha um pastor alemão, que vivia num canil enferrujado atrás da casa. O pastor alemão se chamava Alf, e gania. Principalmente nos domingos em que Waldemar Buck saía para procurar uma noiva. Waldemar Buck ainda não tinha encontrado uma noiva. E olhe que ele era muito mais velho que meu pai.

É claro que, por causa dos ratos, a gata sabia exatamente quantos anos ele tinha; mas minha mãe achava que mesmo assim ele não iria encontrar uma noiva, principalmente por causa dos seus pés chatos.

"Males do ofício", dizia meu pai, e partia um rabanete com os dentes.

Mais uma vez era noite de domingo e o pastor alemão chamado Alf gania.

"Deviam sacrificar o bicho." Minha mãe fazia sua cara de compaixão.

"Aprenda", dizia meu pai, "animal não é brinquedo. Não se deixa um animal vegetando num canil enferrujado."

A opinião da gata era exatamente a mesma. Mas para o pastor chamado Alf ela abria uma exceção.

"A culpa é dele", bufou a gata. "Ele lambe a mão que o castiga, em vez de mordê-la. Ele fica chorando em sua jaula para que sintam pena dele. Ele morde quando ordenam. Ele senta quando mandam."

"Mas ele não tem culpa", eu disse.

"Deixa pra lá", bufou a gata. "Ele é uma vítima. Mas ele não nasceu vítima. Ninguém nasce assim. Todo animal é livre e forte, e no princípio o mundo é sempre uma maravilha."

"Mas Waldemar Buck o deixa preso!", eu disse.

A gata bufou de novo, pulou do muro e sumiu.

E mais uma vez a eternidade era demais pra minha cabeça. Eu me sentei no meio-fio e tentei contar as pedrinhas do asfalto.

Se eu conseguisse chegar a trinta, entenderia o que a gata quis dizer.

O sol desapareceu atrás de uma nuvem muito escura, e quando eu estava no trinta e dois, encontrei o alfinete com cabeça de vidro verde. Peguei o alfinete e espetei meu dedo.

Uma vítima, pensei, uma vítima, isto é uma dor. Uma dor voluntária. Uma dor sem sentido, como se espetar com um alfinete velho de cabeça de vidro verde.

Uma vítima é um cachorro que deixa que mandem nele porque tem medo de não ganhar comida.

E entendi que é possível contar até trinta e dois sem comer um único rato, e que velhas gatas brancas nem sempre sabem de tudo.

De repente a velha gata branca apareceu de novo, se esfregou nas minhas costas e depois deitou a cabeça na minha mão.

"Está vendo", ela ronronou, "você também pode entender as coisas quando se esforça um pouco."

3

Pela manhã Waldemar Buck vestia seu uniforme de carteiro.

Eu sempre despertava às cinco e meia com o barulho do portão de Waldemar Buck batendo contra o cercado. Então eu pulava da cama, corria pra janela e via Waldemar Buck, em seu uniforme azul-escuro com o boné de carteiro, descer a rua com seus pés chatos.

Eu sabia que a gata estaria de tocaia na esquina e que cruzaria seu caminho bufando quando ele passasse.

É que a gata sabia que Waldemar Buck era supersticioso, e por isso sempre cruzava seu caminho da esquerda pra direita, que era o jeito mais seguro de estragar seu dia.

Às vezes, quando eu estava na janela e via Waldemar Buck em seu uniforme ir diminuindo até desaparecer na esquina, pensava que ele era a pessoa mais solitária do mundo.

E então decidi me casar com ele quando crescesse.

Eu iria aprender a cozinhar pra ele, e estaria esperando quando ele voltasse cansado pra casa ao meio-dia.

Mas assim que pensei nisso eu me assustei, porque sabia que a gata ia me achar maluca e nunca mais falaria comigo.

A solidão era no mínimo tão grande quanto a eternidade, e quem além da gata saberia se era possível aguentar uma coisa dessas com Waldemar Buck?

"É por causa do uniforme que ele é solitário", disse a gata uma manhã. "Pessoas de uniforme são sempre solitárias."

"Mas minha mãe disse que é por causa dos pés chatos", retruquei.

"E qual é a sua opinião?", perguntou a gata.

"Ele me dá pena", eu disse. "E além disso eu fico triste quando o vejo de manhã."

"Isso lá é opinião?!"

A gata botou a linguinha pra fora e de repente fez cara de boba.

"Nunca se deve casar por compaixão! E você pode aprender a cozinhar assim mesmo."

Eu me assustei.

“Como você sabe que eu quero me casar com ele?”

“Porque você não sabe fazer contas”, a gata sorriu com ironia e recolheu a língua.

“Meninas que não sabem contar morrem de compaixão. Meninas que não sabem contar se apaixonam por uniformes solitários. Você não é nem um pouquinho insolente, você só é burra mesmo!”

4

Naquela manhã o professor Hanke perdeu a paciência.

Ele estava esperando pelo grande eclipse solar, que seria às onze e trinta e ao qual todos nós deveríamos assistir. Quando eram onze e dez, o professor Hanke me mandou ir conversar com o diretor.

O diretor ficava sentado em sua sala, atrás de uma grande escrivaninha marrom e com pés em forma de patas de leão. O diretor era muito menor do que a sua imponente escrivaninha, e parecia que ele havia colocado no mínimo três travesseiros debaixo do traseiro para conseguir olhar por cima da mesa. Primeiro as patas de leão me assustaram, mas depois elas me lembraram as patas da gata, e essas eu já conhecia.

"Pois bem", disse o diretor, e levantou a cabeça para me olhar.

Na mão direita ele segurava um pesado mata-borrão de mármore. Eu vi o seu nome invertido umas vinte vezes no papel do mata-borrão, de tanto que ele o tinha enxugado naquele dia. Talvez estivesse cansado porque deve ser desgastante ter que ficar enxugando o próprio nome. Sua mão era pequena demais para aquele mata-borrão de mármore.

"Sente-se", ele disse, colocando o mata-borrão sobre o tampo da mesa.

Sua careca de bebê ficou dividida ao meio no reflexo do mata-borrão. O nariz não aparecia, e os olhos me fulminavam.

"Então você tem oito anos", ele disse.

Fiz que sim com a cabeça.

"Está na terceira série."

Fiz que sim.

"Você aprendeu a ver as horas na primeira série."

Fiz que sim.

"Então me diga, que horas são agora?" Ele segurou diante do meu rosto um velho relógio de bolso prateado, pendurado numa corrente.

O relógio fazia um tique-taque muito alto naquele silêncio.

"Então?"

"São onze horas e treze minutos", respondi.

"Sim, sim", disse o diretor. "E quando começa a primeira aula?"

"Às quinze para as oito", respondi.

"Você pode então me explicar por que sempre chega às oito?"

Fiz que sim.

Uma veia saltitava no lado esquerdo da sua testa.

"Então explique, por favor!", sussurrou o diretor.

A sala ia ficando cada vez mais escura, e eu me lembrei do que a gata tinha dito: quando o sol desaparece durante o dia, o tempo para.

Então o mundo logo vai acabar, eu pensei, e se o mundo logo vai acabar, é preciso dizer a verdade.

"É por causa da gata", eu me ouvi dizendo. "A gata não me deixa passar. A gata quer conversar comigo. Ela precisa disso pela manhã."

O diretor escorregou de suas três almofadas e parou na minha frente.

Ele não era muito maior em pé do que sentado, e agora se parecia com Rumpelstilsequim, aquele homenzinho do meu livro de contos de fadas.

Assim que o mundo acabar, pensei, ele vai bater com os pés no chão e se partir em dois. E eu nunca vou conseguir esquecer essa cena e vou ter que sonhar com isso por toda a eternidade.

Sua voz tremeu de raiva quando ele disse: "Sua impertinência ultrapassa todos os limites! Como castigo por suas mentiras, você vai ter que escrever duzentas vezes a seguinte frase: GATAS NÃO FALAM E DE AGORA EM DIANTE CHEGAREI PONTUALMENTE PARA AS AULAS".

Enquanto ele estava falando, tudo ficou escuro como breu. A lua se arrastou para a frente do sol e o mundo se acabou.

5

Quando o mundo recomeçou, eu estava sozinha. Waldemar Buck, como sempre, serrava a eternidade, só que dessa vez, assim como a gata, eu temia que ela não fosse durar muito.

Uma coisa eu tinha aprendido: mesmo que o tempo parasse e o mundo acabasse, mais cedo ou mais tarde os dois começariam de novo.

"Escreva as suas frases tolas, se você realmente precisa", a gata tinha dito com desdém. "Mas isso é e continuará sendo uma traição!"

Então ela desapareceu e tudo que me restou foi o cheiro de peixe na mão.

O castigo do diretor pesava como pedras na minha mochila. Ela me pressionava contra o asfalto, do mesmo jeito que nós afundamos na neve alta do inverno. Cada passo era um grande esforço.

"Pare de escarafunchar a comida", disse minha mãe, magoada.

Então eu sentei no meu quarto e pela primeira vez tive medo das palavras.

"Estou te avisando", a gata tinha dito. "Se você escrever essa frase duzentas vezes, vai acabar acreditando nela."

"Gatas não falam", escrevi. E ela tinha razão.

Eu sentia claramente que alguma coisa estava chegando ao fim.

Um mistério, um encanto. Eu iria perder a eternidade se fizesse aquilo.

E, se não fizesse, o professor Hanke iria me obrigar a fazer.

Eles me prenderiam. Me trancariam naquela sala vazia com cheiro de pó de giz e cera de chão. Eu teria que ficar sentada lá, sem água nem pão, sem pai nem mãe. Escutaria os passos retumbantes do zelador, vestido com seu avental cinza, caminhando apressado para vender leite às faxineiras. Por fim, até os passos do zelador cessariam. E a última coisa que eu ouviria, antes que o silêncio infinito tomasse conta de tudo, seria o barulho da chave fechando o pesado portão de carvalho da escola.

"Gatas não falam", escrevi.

E então, de repente, eu sabia a solução.

Como se a velha gata branca tivesse sussurrado no meu ouvido o que precisava ser feito.

A serra elétrica de Waldemar Buck gritava, e dentro da minha cabeça a gata ditava a frase correta:

GATAS FALAM E DE AGORA EM DIANTE CHEGAREI PONTUALMENTE PARA AS AULAS.

Por um detalhe tão pequeno, o castigo não poderia ser tão grande. Mesmo que eu precisasse corrigir tudo, era só acrescentar um "não". E o que era um "não" diante da eternidade?

6

Naquela noite a gata me levou pela primeira vez junto com ela. E nós vagamos em sonho pelos becos escuros da cidade. Ela me ensinou a subir nas calhas enferrujadas e a me equilibrar no topo dos telhados. Ela me ensinou a contemplar a lua e mostrou como emboscar os ratos na grama alta. Eu me agachei imóvel ao seu lado, prendi a respiração e aguardei ansiosa até que o rato saísse do buraco, e então cravei as garras em seu pescoço. Eu só não quis comer o rato, mas naquela noite isso não foi um problema, porque, segundo a gata, eu arranjaria outro jeito de aprender matemática.

"Você é um talento nato", a gata ronronou baixinho. Depois ela disse: "Eu me enganei. Você não é tão burra assim. Você é mesmo uma menina insolente".

Quando por fim ela me levou à casa abandonada na qual vivia, a lua caiu do céu, e eu acordei com o barulho do portão de Waldemar Buck se fechando atrás dele.

7

Nem o professor Hanke nem o diretor deram falta do "não". Provavelmente eles acharam chato ler a mesma frase duzentas vezes.

"É por causa da caligrafia", disse a gata. "Professores só reparam na caligrafia. Se uma coisa parece estar em ordem, eles acham que o conteúdo também está. Professores raramente olham direito."

"Mas por quê?", perguntei.

A gata bocejou. "Você não acha chato ficar falando sobre professores?"

"Pelo contrário", rebati. "Professores são importantes, professores sabem tudo."

"Isso é que é o pior", disse a gata. "A tarefa deles é transformar crianças desordeiras em alunos comportados. Eles sempre acham que são mais espertos que a gente. Além disso eles só medem o tempo em anos letivos, e não têm a mínima noção de eternidade."

"Mas as pessoas precisam aprender", retruquei.

"É na vida que aprendemos", disse a gata. "O que conta na vida são os ratos que realmente comemos."

Lembrei na mesma hora do problema de matemática que eu tinha escrito no meu caderno com letras caprichadas:

Um fazendeiro tem vinte e seis vacas. Se ele leva um terço das vacas pra pastar, quantas sobram no curral?

"Ah!", bufou a gata, "me mostre um único fazendeiro no mundo que faria uma conta tão idiota antes de levar suas vacas pro pasto!"

Eu não conhecia nenhum fazendeiro, mas resolvi passar as minhas tardes na fazenda que ficava perto da escola. Lá havia quinze vacas. E com certeza alguma hora apareceria um fazendeiro a quem eu pudesse perguntar.

Foi assim que naquele verão eu aprendi a língua das vacas. Eu sentia seu hálito leitoso no calor ofuscante da tarde. Eu contava as moscas que pousavam entre os seus brilhantes olhos castanho-escuros. Eu escutava o som da grama sendo arrancada do chão e das vacas mastigando de boca aberta.

Não havia ontem nem amanhã naquelas tardes.

Só havia eu e as vacas e a gata, que se empoleirava em cima de um tronco e piscava para o sol com os olhinhos apertados.

8

No apartamento embaixo do nosso morava o Pug.

Pug era uma cabeça mais baixo que eu, embora fosse três meses mais velho. Suas mãos pareciam as garras de uma ave, eram cinzentas e escamosas, e os nós dos dedos estavam sempre rachados e sangrando. Pug arrastava os pés quando andava e tinha três irmãos, que se chamavam o Gordo, o Altão e o Baixinho. Só o Pug se chamava Pug.

"É isso que acontece quando não sobra nenhum nome fácil", disse a gata. "Então se escolhe outra palavra que sirva. E olhe bem pra ele: não se parece mesmo com um cachorrinho Pug?"

Eu roí as unhas. Uma parte de mim queria discordar.

A outra parte sorria maliciosamente e concordava. "Ele é nojento", disse a outra parte. "Acho bom que ele não encoste em mim com aquelas garras e aquelas mãos esfoladas. E o jeito como ele anda! Rato Pug, Rato Pug", gritava essa outra parte.

"Pare com isso", eu disse. "Ninguém é culpado por ter uma doença."

"Mas sim por ter esse nome", respondeu a gata. Ela fez uma corcunda e pulou de cima do tronco.

De repente o hálito leitoso das vacas tornou-se repugnante. A eternidade ficou pequena e corcunda, e eu bati com os pés no chão.

"Saia daqui!", gritou uma parte de mim. "Saia já daqui, sua gata estúpida!"

A gata bufou e sumiu.

Uma parte de mim soprou palavras no meu ouvido.

"Vocês precisam ficar amigos", eu ouvi. "Você deve ficar do lado dele."

"Você deve defendê-lo. Ele é muito sozinho."

"Mais sozinho que Waldemar Buck?", perguntei.

"Mais sozinho do que um poste de luz zumbindo no meio da noite", respondeu uma parte de mim.

Eu quase comecei a chorar de compaixão, e imaginei, enojada, como teria que ir para a escola de mãos dadas com Pug.

Nós tomaríamos o atalho seguindo os trilhos do trem, passando pelo matadouro onde os porcos gritam, onde o ar cheira a esterco, medo e sangue. Nós caminharíamos lado a lado sobre os trilhos e, quando alguém gritasse "Pug", pegaríamos as maiores pedras do cascalho e jogaríamos.

Isso aconteceria no inverno, eu soube de repente, haveria neblina e a gata estaria deitada em algum lugar atrás de um fogão, dormindo.

[illegible]

[illegible]

[illegible] Lo [illegible] possessorr [illegible] que [illegible]

[illegible]

[illegible] ente sequ adiante [illegible] verja [illegible]

[illegible] que [illegible] para [illegible]

[illegible] ada [illegible]

Quando entrei na sala [illegible]

[illegible]

Vim a [illegible]

[illegible] sala de [illegible] porque pensa [illegible]

Na aula de religião, o vigário [illegible]

[illegible] o pecado original. [illegible]

Faltavam quinze minutos para as nove [illegible]

[illegible] o vento [illegible] da janela.

[illegible]

[illegible] parecia com um filhote de [illegible]

[illegible] preto. Ele [illegible]

[illegible] enquanto falava.

9

Naquela manhã, pela primeira vez cheguei pontualmente à escola, já que a gata, ao me ver, fez uma corcunda, bufou e desapareceu atrás das latas de lixo. Primeiro eu quis chamá-la e dizer que sentia muito por tê-la enxotado. Mas então ergui a cabeça e simplesmente segui adiante. Por que eu deveria pedir desculpas? Ela que ficasse ofendida. Afinal, ela é que tinha começado. Ela é que tinha dito aquelas coisas sobre Pug.

Quando entrei na sala, o professor Hanke balançou a cabeça em sinal de aprovação. Eu tive que sorrir.

"Viu só", a gata falou na minha cabeça, "agora ele está satisfeito, porque pensa que o castigo funcionou."

Na aula de religião, o vigário Wittkamp nos explicava o pecado original.

Faltavam quinze minutos para as nove, o sol brilhava e o verão cintilava por trás da janela.

O vigário Wittkamp tinha olhos azuis claros. Ele se parecia com um filhote de corvo, vestido em seu terno preto. Ele pulava pra cima e pra baixo na nossa frente e mexia a cabeça enquanto falava.

Ele dizia que a culpa do pecado original era de Eva, pois ela teria dado ouvidos à serpente e colhido uma maçã da árvore proibida. Depois ela convenceu Adão a também comer a fruta. E é claro que o bom Deus viu isso e ficou tão zangado que expulsou Adão e Eva do Jardim do Éden. "Desde então", disse o vigário Wittkamp, "desde então toda criança já nasce com o pecado original, porque todos descendemos de Adão e Eva."

Enquanto nos explicava isso, podíamos desenhar em nossos cadernos.

Pug se sentava ao meu lado na aula de religião. Ele estava desenhando uma serpente enorme, amarela e preta, com dentes curvos e venenosos. Ela tinha a boca aberta e sua língua bifurcada chegava até a margem do caderno. Eu mordi meu lápis de cor e encarei a serpente. Ela tinha olhos terríveis.

Pug tentou esconder seu desenho com uma das mãos, ao mesmo tempo que com a outra estalou os dedos no meio da fala do vigário Wittkamp.

Nesse momento, o vigário Wittkamp falava sobre o batismo.

"Primeiro a água batismal limpa o pecado original da alma", ele disse.

Esse era um ponto muito importante, já que ele mexeu duas vezes a cabeça, sua voz tremeu e seu pomo de adão saltou enquanto ele falava.

Mas Pug não desistia. Ele esticou para a frente o braço erguido e estalou os dedos ainda mais rápido.

“Pois não?”, disse finalmente o vigário Wittkamp. “O que quer nos dizer, Ferdinand?”

Pug começou a ganir.

“Christine olha o tempo todo pro meu desenho”, ele disse ganindo. “Ela quer copiar tudo de mim!”

“Não é verdade!”, eu gritei.

“É sim”, Pug disse, e ganiu.

Irene Bockmann começou a gargalhar atrás de mim.

O rosto do vigário Wittkamp ficou vermelho, e seu pomo de adão palpitava.

“Mas crianças”, ele disse torcendo as mãos. “Mas crianças, nós não queremos brigar, não é?”

Agora a classe toda gargalhava. Pug ainda estava ganindo e o ranho tinha começado a escorrer do seu nariz.

O vigário Wittkamp esvoaçava pra lá e pra cá sem poder fazer nada. Ele andava três passos em direção a Pug, dava meia-volta, abanava os braços e dizia repetidamente: “Acalmem-se, crianças, acalmem-se de uma vez!”.

Mas nós não nos acalmávamos. Pelo contrário. Fiete Horstkotter tirou um elástico do bolso da calça e começou a atirar bolinhas de papel mastigado em Pug. Isso foi muito nojento, porque uma bolinha gosmenta acertou Pug bem no meio da testa e ficou lá grudada.

O vigário Wittkamp quis tomar o elástico de Fiete Horstkotter, mas Fiete se esquivou e começou a correr entre as filas de carteiras. O vigário Wittkamp o perseguia com grandes saltos de corvo.

Nós atiçávamos Fiete, berrando: “Fiete! Fiete! Mais rápido! Mais rápido!”.

E Pug berrava mais alto do que todos.

Depois minha mãe disse que tinha sido por causa dos novos sapatos pretos do vigário Wittkamp. “Foi a sola de couro”, ela disse, “não há dúvida, foi a sola de couro. Todo mundo sabe. Solas de couro são lisas e perigosas. Principalmente quando são novas, e ainda mais em um chão encerado.”

Fiete Horstkotter jogava futebol no campeonato infantil. Ele sabia fintar e driblar e, principalmente, corria muito rápido. Mas o vigário Wittkamp também era rápido, sobretudo nos corredores entre as carteiras, por causa de suas pernas compridas. Mas fintar ele não sabia, muito menos driblar.

No final da segunda volta ele estava quase alcançando Fiete, mas Fiete fez que ia para a esquerda e deu meia-volta para a direita, enganando o vigário.

E foi aí que aconteceu. O vigário Wittkamp não conseguiu fazer a curva, escorregou e caiu.

De repente fez-se um silêncio sepulcral na classe. O vigário Wittkamp tentou se levantar, mas não conseguia. Ele ficou deitado no chão, com o rosto contorcido de dor. Nós tínhamos nos reunido em torno dele e olhávamos espantados. Ele estava pálido, soltou um gemido e então disse: "Crianças, agora todos vocês vão bonzinhos lá pra fora e por favor me chamem o zelador".

Nunca havíamos deixado a sala tão comportados. Até fizemos uma fila dupla e nos demos as mãos por conta própria. Só ao Pug e ao Fiete Horstkotter ninguém quis dar a mão.

10

Quando voltei da escola, a gata estava sentada em cima do muro, esperando.

Eu fiquei contente em vê-la, afinal, com quem mais eu poderia conversar sobre o acidente do vigário Wittkamp? O professor Hanke e o zelador tinham-no levado para a enfermaria em uma maca. Depois a ambulância estacionou no pátio da escola. Eles puseram o vigário no carro e foram embora com as luzes e a sirene ligadas.

No recreio as terríveis palavras voaram até nós: fratura do fêmur e engessamento da perna inteira. E nós aguardávamos o castigo.

Mas o castigo não veio. O professor Hanke simplesmente assumiu a aula e passou ao exercício da tabuada.

A gata amava catástrofes.

Ela me ouviu com atenção, lambeu os lábios e sorriu com malícia.

"Este é o castigo", ela ronronou.

"Fratura do fêmur e uma perna engessada", ela ronronou.

Eu fiquei confusa.

"Como assim?"

"Pense um pouco!", disse a gata, e esfregou a cabeça na minha mão.

"No que ele estava tentando fazer vocês acreditarem? O que ele estava explicando antes de tudo acontecer?"

"O pecado original. O vigário Wittkamp nos ensinou o pecado original. Ele disse que o bom Deus ficou muito zangado porque Adão e Eva comeram a maçã da árvore proibida."

"Pois então", a gata ronronou. "Este foi o castigo dele!"

"Castigo pelo quê?", eu perguntei.

"Ora, por ensinar coisas falsas! Você realmente acredita que Deus, que você chama de bom, por causa de uma única maçã que ele não queria dar, iria expulsar os homens do seu jardim e faria toda criança já nascer pecadora?"

"Mas era uma árvore especial", eu disse. "Era uma maçã da árvore do conhecimento!"

"Você ainda vai se dar mal falando assim", bufou

a gata. "Você acha mesmo que o bom Deus quer que você continue burra pra sempre? Mas não é de admirar que você pense assim! Você nem sabe contar!"

Ela bufou mais uma vez e pulou do muro.

E eu fiquei confusa.

Esperei pelo grito da serra elétrica, mas ela não gritou.

Então desci a rua. Parei na cerca da casa de Waldemar Buck. Ele estava empilhando madeira e Pug o ajudava. Eles acenaram para mim e eu acenei de volta.

O verão zumbia por todos os lados, mas mesmo assim eu sentia frio, porque agora eu tinha certeza de que a eternidade havia acabado. E eu nunca mais voltaria a falar com a gata.

A gata era má. Ela não sabia nada sobre compaixão, ela só sabia de si mesma e dos ratos.

Sobre a autora

Jutta Richter nasceu em 1955, na cidade de Burgsteinfurt, na Vestfália, Alemanha. Estudou Teologia, Germanística e Jornalismo e publicou seu primeiro romance ainda como estudante. É escritora e vive entre o castelo de Westerwinkel, na região de Münster, e a cidade de Lucca, na Toscana, Itália.

Publicou diversos livros, entre eles: *Der Hund mit dem gelben Herzen oder die Geschichte vom dem Gegenteil* (O cachorro do coração amarelo ou a história do contrário, 1998), *Hinter dem Bahnhof liegt das Meer* (Atrás da estação ferroviária fica o mar, 2001) e *An einem großen stillen See* (À beira de um grande e calmo lago, 2003). Já recebeu diversas premiações, como o Deutscher Jugendliteraturpreis, pelo livro *Der Tag, als ich lernte die Spinnen zu zähmen* (O dia em que aprendi a domesticar as aranhas, 2000); o Prêmio Luchs e o Katholischer Kinder- und Jugendbuchpreis, concedidos ao livro *Hechtsommer* (O verão do Lúcio, 2004); o Deutschlandfunk "Die besten 7 Bücher für junge Leser" (2006), o Prêmio Andersen Il Mondo dell'Infanzia (2007) e o Mildred L. Batchelder Award (2008), por *Die Katze oder Wie ich die Ewigkeit verloren habe* (A gata ou como perdi a eternidade, 2006); além do Prêmio Hermann Hesse, pelo conjunto de sua obra.

Site oficial: www.juttarichter.de.

Sobre a ilustradora

Rotraut Susanne Berner é autora e ilustradora. Nasceu em Stuttgart em 1948 e vive em Munique. Publicou, entre outros livros, *Der fliegende Hut* (O chapéu voador, 2002) e *ABC, die Katze lief im Schnee* (ABC, o gato corria na neve, 2005). Ilustrou textos de Hanna Johansen, Franz Hohler e Hans Magnus Enzensberger. Desde 2001 publica os livros da série "O pequeno Karl": *Gute Nacht, Karlchen!* (Boa noite, pequeno Karl!) e *Guten Morgen, Karlchen!* (Bom dia, pequeno Karl!); *Wo ist Karlchen?* (Onde está o pequeno Karl?), *Karlchen geht einkaufen* (O pequeno Karl vai às compras) e *Karlchen-Geschichten* (Histórias do pequeno Karl). Rotraut Susanne Berner recebeu muitos prêmios por seu trabalho, entre eles o Prêmio Alemão de Literatura Infanto-Juvenil e o Prêmio de Arte Schwabinger.

Sobre o tradutor

Daniel R. Bonomo nasceu em São Paulo em 1981. É mestre em Língua e Literatura Alemã pela Faculdade de Filosofia, Letras e Ciências Humanas da Universidade de São Paulo. Atualmente é doutorando e desenvolve pesquisa sobre Hermann Broch na USP e na Universidade Karl Marx de Leipzig. Já traduziu ensaios de Ernst Osterkamp e Hermann Broch, e *A gata ou como perdi a eternidade* é sua primeira tradução literária.

Este livro foi composto em Lucida Sans
pela Bracher & Malta, com CTP da
Forma Certa e impressão da Bartira
Gráfica e Editora em papel Chamois
Bulk Dunas 90 g/m² da MD Papéis para
a Editora 34, em fevereiro de 2011.